句集

ねこまんだら

行正よし子／行正南丈

東京四季出版

猫曼陀羅＊目次

追悼句集　猫曼陀羅　行正よし子

遺句集　菜がら火　行正南丈

題字・猫曼陀羅　行正明弘

画・観世音菩薩像　行正春美

猫イラスト　行正維摩子

俳　画　早田維紀子

装幀　田中淑恵

追悼句集

猫曼陀羅

行正よし子

観世音菩薩像
行正春美・画

序

　母の傍らにはいつも猫がいた。猫に囲まれた生涯だったと言っても過言ではない。文字どおり母の猫可愛がりはひととおりではなかった。慕い寄って来た猫の数は定かではないが一生の間に千匹は下らないだろう。母は猫の連隊長だったかも知れない。

　我が家に戸籍を持っているつまり飼い猫にはもちろん、行きずりのノラにも餌を与える。その食客たちは猫なで声で近づく。いつも一個小隊はいた。近所からは猫屋敷と呼ばれたのもうべなるか。猫婆々でなかったのは幸いである。

　いつも猫の世話に余念がなく、猫中心の生き様は交通事故死の猫にも及び轢死したなきがらを境内の隅に葬ったのも一体や二体ではない。猫の保護責任者でもあったのである。

猫の名はあまり深く考えて付けたとは思えない。シロ・クロ・キジ・チョン・タマ・ミケ・チビなどなど、見たままである。しかしそれぞれの名前を呼ぶと返事をする。まさに猫と会話ができるカリスマだったのだ。

ある日子猫が便所に落ちて死んだ。昔式の例のモノである。落ちたら助からない。その時の母の悲しみはひととおりではなかった。その日からトイレのドアーは必ず閉めるようになった。しかしまた猫の災難が続いた。風呂の浴槽に落ちたのである。もう子猫ではない、しかし猫の爪をもってしても這い上がることができなかったのである。一晩中もがき苦しみ力尽きて溺死した。母の悲嘆愁傷は筆舌に尽くせない。己を責め、人に当った。いつまでも猫の冥福を祈る母であった。その日から自分が風呂に入った後は湯を抜いてしまうようになった。これには困った。後から入る家族の者がひと風呂浴びようと蓋を取ったら、すでに湯は流されているではないか。裸のまま寒さに震えながらその悔しさ、情けなさ、何と言ったらよいのか言葉がない。それから風呂の戸も必ず閉めるようになったのは申すまでもない。

猫に愛され、猫を溺愛し、猫に明け暮れた母の九十余年は幸せであったと思う。猫は嘘も詭弁もおべっかもない、正直である。味方を本能的に知っている。母の膝に鳴き寄るときその甘えた声と仕種はまさに親子である。咽をごろごろ鳴らしながら信頼し安心して眠る。猫にとって母は菩薩だったのかも知れない。旅立った今、浄土で猫たちとたわむれているに違いない。此の世も後の世も猫との縁が切れる訳がない。戒名も別号として〈愛猫院〉を贈ることにしよう。表題の猫曼陀羅こそ母にふさわしい最大級の賛辞である。

十夜会座猫の浄土は母の膝

愚息　明弘

平成二十七年七月二十五日

捨て猫浄土

昭和六十一〜平成七年

昭和六十一年

叩かれて逃げ出す木魚彼岸会座

生きる術聞かせて子猫野に放つ

庫裡裏は捨て猫浄土桃の花

寝はぐれて月天心の浜に佇つ

路地祠誰が信心や盆灯

昭和六十二年

大石を抱へて咲きし石蕗の花

冬月や猫の臨終看取りたる

湯豆腐の義歯に少しもさからはず

春雷に怯えし猫は棚の上

昭和六十三年

鬼やらひ胸に棲む鬼払ひけり

十夜果て庫裡に寄せある忘れ物

着ぶくれて気になる事もなき齢

平成元年

スリランカ合歓の花咲く十二月

初午や色あざやかに供へ餅　平成二年

猫の仔を諭すもしよせん独り言

梅を来て日向の床几探しけり

芽柳や水だぶだぶと舫ひ舟

蓮の露ころげ下葉の露を呑む

街路樹に色鳥群れてタスマニア

蟷螂の威嚇に猫の構へをる

雑念も少し十夜の念仏婆

熱燗にほろりこぼれし不満かな

玻璃みがく中生まれたる春の雲

平成三年

朧月いたち鶏舎を窺へり

貝拾ふ波が波呑む春の浜

踏むまいとして筍を飛び越ゆる

人死ねば秘めて秋野に蒙古族

島の径消え廃坑とねこじやらし

水澄んで畔池の樹影揺るぎなし

蹲踞にいつ生まれしや糸とんぼ

平成四年

丹精の夢たち切りし根切虫

愛憎のいつしか淡く墓すみれ

狙ふ目に気付かぬ巣立鳥の危機

酩酊の隠居涅槃の顔となる

一行を呑みし梅林又静か

倖せは足許にあり畑を打つ

目が合うて蛙の玻璃戸そつと引く

味良きも子持ちあさりの哀れなり

野に序曲始まつてをりいぬふぐり

下萌をゆるさぬ砂紋乱れなし

蛇穴を出て何事もなき天地

飛行雲借景にして子守柿

中国の風邪もみやげの内であり

話しつつ愉しき予感初暦　平成五年

滴りは一枚の葉を弄ぶ

桂林の道に山積み長西瓜

信心の灯がまた増えて地蔵盆

一斗櫃抱いて飯つぐ十夜斎

湯豆腐のゆらりと浮けば掬はるる

炬燵猫いびきをかしくあいらしく

年用意寺守り婆として差配

かかづらふ世事疎ましく去年今年

かがり火を育てつ除夜の寺男

治癒の日を菜る心の初暦

平成六年

普請場の起重機わめく青嵐

蜘蛛の囲の狡猾そして天賦の威

紅蜀葵咲いて人なき異人館

棚経の沙彌が所望の腹薬

訃にまかる露に重たき衣かな

秋高し空へ近づきたく歩く

この道を来し倖せや野菊濃し

野仏は木の実降る音聞き在す

芒野にいまだ残れる陽のぬくみ

風葬は蒙古の掟秋の風

花八つ手やがて売らるる一軒家

咳の身を気遣ふ孫のやさしき眼

ちろちろと冬めく島の灯かな

寺守りに徹して喜寿の年迎ふ　平成七年

病む故の文字のゆがみや年賀状

食べ競ふ若さたのしき雑煮かな

一陣の風に猛りて野火の修羅

ことの外草笛うまき和尚かな

僧正の袈裟翻す涅槃西風

搦手を攻むる春潮唐津城

白粉の花にうもれし無縁仏

腕白に追はれて守宮闇を飛ぶ

大物をみこしかつぎに群るる蟻

暫くは鳩と遊びて放生会

飛ぶまでは気付かぬものに道をしへ

うかれ猫

平成八〜十年

平成八年

地の果をさすらふとあり初便り

霞む沖睨みて島の寇難碑

黄塵や語り部として寇の島

牧口の轍残して下萌ゆる

賑へる展望台や子供の日

母の日や母の句多き囚人誌

南丈句碑開き

蓮の香や寺苑に生るる僧の句碑

句碑仰ぐ俳徒仏徒に若葉風

夏霧の底に目覚むる湯布の宿

留守気楽一人昼餉の胡瓜漬

天高しベビー服干す家となる

式半ば咳殺しても殺しても

夜神楽や吾も太古の神になる

避寒宿海蛇美味と言はれても

蒼々と哀史秘めたる寒の海

足すくむ非情の壕に冬菫

北京より孫の年賀のエアメール

平成九年

句羅漢を彌陀みそなはす初句会

雛傷は戦火くぐりし証とか

地鎮の儀突如闖入うかれ猫

連翹の黄が飛ぶ車窓高速路

相部屋のすぐ打ち解けて梅の茶屋

卒業の祝儀袋を買ふも幸

太閤が踏まへしこころ春の泥

普請場の残り火育て目刺焼く

菖蒲の芽競ふ命が皆尖る

満願の杓を地蔵へ春の水

母の日や父無くよくぞ吾子育ち

この市の活きが自慢の鯖を買ふ

わだつみの謎秘め鯖の紋不思議

月見草昔鯨の捕れし浜
じつと待つ守宮の生きる術として
水音は暮れず睡蓮眠る刻

奥嵯峨やひそかに合歓の咲く庵

あばら家を荘厳にして花芙蓉

弓なりの湾ふるさとの赤蜻蛉

鶏頭を避けて普請の脚を組む

重箱の土産はぬくし栗の飯

少年の瞳となり蜻蛉追うてみる

小春寺和讃は婆の子守唄

歩をとどめ次の笹鳴までの黙

嫁姑会話和ます暖炉の間

寄せ鍋の蓋取る原爆型の湯気

着ぶくれてつのるものぐさ物忘れ

冬紅葉人生もかくく終えたきよ

珠の日も諍ひの日も古暦

平成十年

磴下る肩の破魔矢の鈴鳴らし

初暦傘寿を如何に迎ふべき

嫁が君捕獲作戦猶予中

息白く石屋は石を仏にす

軽口をたたいて役者大根食ふ

寒鴉騒げば亡者出る噂

寒灯や札所の闇の濃きところ

大仏の寝てみそなはす寒雀

霜焼もなし寝仏の足の裏

存らへて戦跡に供華春浅し

晨朝の木魚高鳴りあたたかし

俎をはみ出す鰆料らるる

西行碑草書ゆらゆら陽炎へる

蓬萊の池賑やかに蛙鳴く

なんとなく悟り顔なる蛙かな

藤に酌む人賑はしく吉祥寺

地鶏飯殊に美味なる遍路宿

暫くは流れに沿へる遍路径

鬼どもがもんどり打てる飾山笠《ヤマ》

ソプラノもバスも洩れくるバンガロー

編み上げて不動の蜘蛛となりにけり

仰ぐ天高し傘寿を授かる日

蝗追ふ猫のしぐさの忍者めく

秋蝶の乱高下して風の中

海望む丘にカンナと特攻碑

風筋に吹きもどされて秋の蝶

女郎花その名に悲話の聞けさうな

家解けて芝生の奥の竹の春

猫眠る蝗の生死など知らず

菊供へ牧夫合掌獣魂碑

身に入むや引かれて上る検診車

犒《ねぎら》へば会釈の媼落葉掃く

留守の庵木の実降る音ばかりなり

水洟や覚束なきはわが余生

能面の妖しき微笑神の旅

わだつみの神もお立ちか沖凪ぎて

執着を脱ぎすつるごと銀杏散る

鳰潜る湖中に修羅のありしこと

末法の世の日溜りに冬の蠅

セーターに首を埋めて世に疎く

玄海のものの皆入れよ鍋料理

青蓮華

平成十一～十二年

平成十一年

寒の水頑固に老いてゆきさうな

寒梅や配流の庵と聞きて訪ふ

伊都美し上弦の月冴返る

来し方にバレンタインなどなき齢

中華鍋先ずニンニクを躍らせて

ふる里も己が八十路もみな朧

法の庭仏縁の蛇穴を出づ

山葵沢訪ふまむし湯のこぼれ客

陸奥のあんころみやげ春深し

山城と言へど城なく春深し

アイマスク外す術後の樟若葉

病葉や朝な朝なの寺苑掃く

ゆゑもなくひたすら毛虫疎まるる

草千里牛点景に合歓の花

漓江航く奇峰の裾の夏霞

田植機が残すところは老の手で

窓明けて夏めく山河引き寄する

足すくむ毛虫の径と聞けばなほ

まひまひや水の松江の橋いくつ
酔芙蓉ひねもすうつらうつらかな
老　鶯　に　耳　傾　け　て　羅　漢　像

床上げて夏めく庭に立つ歓喜

枝豆に酌んで長居となる気配

不運にも猫のお手玉青蛙

蛞蝓の上手にかくれ茹でらるる

行きあたりつきあたりして蟻の列

バザールに激語とび交ふ残暑かな

一病を大事に生きて敬老日

駱駝の荷木の実種々バザールへ

秋霖に煙る長城振り仰ぐ

忍ばせて異国の木の実持ち帰る

空港に発着自在秋の蝶

鳴き寄ればば冬めきしこと猫に問ふ

入山の一歩清浄石蕗の花

寄せ鍋に決めて買ひ物迷ひなし

風呂吹や坊守る日日の恙なく

平成十二年

応答もなき山坊の凍ててをり

発掘は遅々と進まず下萌ゆる

礫像に触れて消えゆく春の雪

山葵田を抱き霊峰の鎮もれる

山気満つ静寂が育てゐる山葵

娘等騒ぐ実習畑の大蚯蚓

母子して巡る新樹のタイ遺跡

喧噪を抜けて新樹の僧院へ

帰国後の眼の癒さるる鯉幟

いつの間に葉ごと毛虫が占領す
みみず捕る騒ぎや鶏の放し飼ひ
青蓮華未明に咲くと聞き急ぐ

寧らかに目覚めて庵の蓮薫る

新涼も期待のひとつ蝦夷の旅

摘めばなほ淋しきものに吾亦紅

残菊を覗く屋敷の破れ築地

口ずさむ「岸壁の母」木の葉髪

穏やかな十一月の陽に抱かれ

綿虫や己が八十路の模糊として

膝に猫十一月の無為の刻

老院に介護する身も木の葉髪

笹鳴を背に山坊の風呂を焚く

うまき茶を淹れても独り木の葉髪

笹鳴の峠越え行く婚儀の荷

おしゃべりも焼芋も好き三姉妹

葱坊主

平成十三〜十四年

平成十三年

いとほしや老の耳目に寒雀

芹摘みもひそかな期待杖の試歩

願はくは長閑な日々を米寿まで

客僧へ婆の手料理蕗の薹

心身のリハビリもかね遍路行

八十路なほ杖に頼らぬ梅見かな

卒業を祝ふ胴上げ鬨の声

一陣の風沈丁の香をさらふ

畑に杭何か始まる葱坊主

老の身をぶらんこに乗せ遠き日を

夫婦岩子岩孫岩百千鳥

逆光の水辺眩しき猫柳

コーヒーを淹れて一人の春惜しむ

予後の身を自然に委ね五月来る

老鶯や難所へかかる行者径

苔の花梵字うすれし無縁仏
若楓あみだ被りに石羅漢
明易し何かせかるる日となりぬ

一善女詠歌ひたすら五月寺

札所打つ人と行き合ふ磴若葉

新緑の香に山荘の句座となる

鎮め能動から静へ山《ヤ》笠《マ》果つる

丹念に読みつぐ俳誌明易し

柿の花掃くに届かぬ塀の上

象百頭着飾るタイの祭かな

生贄の奇祭をショーに見る旅路

卒寿なほ気丈一途に単帯

夏霧を吸うて巨杉になりしとか

明り消しテレビ画面の蠅を打つ

印度僧樹下石上の昼寝かな

老院の閑散として昼寝刻

デッキより博多の夜景ビール酌む

ヨットには無縁に老いし漁夫であり

色さびて老の重みの夏のれん

風鈴の音すみわたり庫裡の句座

一葉落つ瞬時逃さぬ詩人の眼

夜食とる本音飛び交ふ楽屋裏

訪ふ人も絶え山荘の柚子は黄に

木の葉散る一部始終を石羅漢

夕星や冬ざれの野はもう見えず

身に入むやいよよ佳境に入る法話

熱々の焼芋を掌にをどらせる

平成十四年

あれこれと迷ふもたのし福袋

恵まれて七度迎ふ未年

福引やちと囃さるる二等賞

耶蘇島は坂と魚臭と寒椿

繊月を上げて軒端の凍豆腐

分け入れば熊野古道の寒椿

再会を約し別れも梅の頃

観梅や誘ひさそはれほ句の縁

いぬふぐり犬にふませぬ紐を引く

雛の宿をんな当主は三代目
急かさることも習ひの雛納め
老いぬれば愁ひも少し春時雨

沈丁の香ばかり誰もゐない庵

島唄の南風に乗りくる首里城趾

焼鮎の骨をするりと抜かれけり

大南風灘睥睨の龍馬像
地蔵の灯ときをり揺らす蓮の風
守り継ぐ古寺の宝の青蓮華

明けて来し蓮の宝珠のゆるびかな

台風の去つて安堵の供華を剪る

花野中祖霊眠れる一祠あり

秋の声潜むカルスト羊群石

気まぐれの風に木の葉の運不運

今朝の冬牛乳いつもより熱く

朝参の経よく和して冬に入る

健やかに老いて給はるちやんちやんこ

卒業

平成十五〜十八年

平成十五年

湯気の中よりうすみどり豆の飯

夏ぶとん蹴る力さへなき齢

やせ五体いたはり老の夏蒲団

雨蛙鳴いて友呼び雨を呼び

明日へまた八十路半ばの髪洗ふ

煮南瓜を崩さぬこつは婆の知恵

病窓に果つ流星の行方かな

指差せばもう失せてをり流れ星

秋扇しのばせ婆の旅かばん

ばつたゐて吾ゐて共に生かされて

ばつたとぶ礎石ばかりの都府楼趾

ほころびし季寄せ大事に桃青忌

熱燗やもつれ話のほぐれつつ

対岸は金印の島海鼠突

ちやんちやんこ借り着ながらもよく似合ふ

末枯や八十路の日々をいとほしむ

老刀自の皺の一つが胼てをり

平成十六年

寒稽古とんと縁なき八十路婆

風花の句碑に面影追ふことも
悴みて旗振る女性ガードマン
着ぶくるること許さるる朝参り

忌ごもりの心中深くかじかめる
あばれ野火鎮めよ阿蘇の神威もて
風を読み火を引き野焼始まれる

すぐ消ゆることが定めの春の雪

山門で打ち振る傘の春の雪

老い恙なきとは言へず春の風邪

春の風邪とて早仕舞朝市女

のし歩くまさにごろつき恋の猫

願はくはそつと逝きたし春の雨

旅三日戻ればは土筆闌けてをり

春の風邪干支の三申顔赤く

つばくらめ天地返ししてひるがへる

跳べさうでとべぬ小流れ草萌ゆる
摘み立ての野辺の香りやつくし和へ
何が気に入らぬか凧の急降下

筆塚へ都忘れの供華豊か

海苔を炊き吾家の味に仕上げをり

文字摺や天地の遊びごころとも

俳人の目あり口あり恋の猫

伸ばす手にさとく守宮は向き変へる

病窓の親しきものに守宮かな

もぢずりや忠霊塔の暮色濃し

おほやうに角振る雨の蝸牛

夏草や詠歌手向くる特攻碑

夕焼に染まる知覧の特攻碑

水源の神域として夏木立

つつがなき幸を八十路の夕涼み

まかり出て下手赦されよ盆踊

通院のほとほとこたへ残暑なほ

老の坂又一つ越えお中元

踏み込んで露草の中馬柵修理

露草に癒されもして札所打つ

老い恙体育の日の留守居役

しみじみと五体に感謝体育の日

航跡を八字に広げ湾小春

句碑も古り吾もまた老い冬日和

省みる日のなつかしく古暦

平成十七年

走る子ら眼で追ふばかり野に遊ぶ

注意報出てあなどれぬ春の雪

野遊びや弾み止まざる子らと犬

お任せの身こそ安けれ去年今年

平成十八年

杖たより先達頼り梅探る

人の世の卒業さほど遠からず

弔辞・弔句

弔辞

行正ヨシコ様

貴女は糸女を卒業されたエリートですが、気取ったところのないほんとうにやさしい近づきやすいそんな方でした。

私はそんな貴女の生き方が好きでした。そして又心は純白の蓮の花のような方でもありました。貴女から多くの事を習ったのは私だけではないと思います。

想ひ出の中に花咲く蓮の花

死《わかれ》は生の終結であるが、人生の終焉ではない。
多くの想い出を残していたゞきありがとうございました。（さようなら）

正覚寺総代長　柴田廣保

弔辞

故・行正ヨシ子様の御霊《みたま》に対し、正覚寺仏教婦人会を代表し、謹《つつし》んでお悔やみ申し上げます。

知るよりも多く忘れて年迎ふ

この俳句は、在りし日の句会にて、ヨシ子様が詠まれた句です。いつの間にか私も、その様な年齢になってしまいました。又羅漢句会では毎回すばらしい俳句を詠ませていただきました。時にはユーモラスな事を言っては、座を和ませて下さいました。

機知に富んだヨシ子様は、いつもにこやかに楽しい事が大好きなお人でした。

本堂から厨までバタバタ小走りしてあった、お姿が目に浮んでまいります。

「ハーイ」と返事は、あるものの、なかなか姿が見えない事はしばしばでした。

いつも笑顔で優しく接して下さったお姿が次から次にうかんでまいります。

毎週土曜日の、詠唱けいこの日には懇切丁寧に、御指導を受けた仲間が今も沢山いますよ。詠唱の教えをいついつまでも続けていく所存です。

ヨシ子様の入院中にお伺いしました折、とてもよろこんでいただきました。

治癒の日を栞《しお》る心に初《はつ》暦《こよみ》

この句も作られていましたね。一日も早いお帰りを心待ちしてましたのに、それも叶わず、お別れすることと相成りました。私が幼い頃から、とても可愛がっていただき、常にお寺に、出入するきっかけをつくっていただきました。長い間お世話になり、ありがとうございました。

名残りは尽きませんが、お別れしなくてはなりません。どうか安らかなご冥福をお祈りいたします。

平成二十六年一月十六日

正覚寺仏教婦人会会長　谷口範子

弔句

庫裡うちを差配する声寒に消ゆ　大庭浩司

早梅やおもかげ優し天寿佛　今村廣子

水仙花羅漢の傍に永《と》遠《は》に在れ　岡本美津子

想ひ出の尽きぬ別れや寒昴　山村喜美枝

風花や詠俳の師と慕ひしに　谷口範子

小春日に優しき坊守お浄土へ　堀田文子

水仙や優しき刀自を偲びをり　谷口　眞

今一度あの温顔を寒牡丹　徳丸和子

花明り消えて寒夜の野辺の道　渡辺散風浪

ほほ笑みの気高く清しささめ雪　松﨑純一

初七日

早田維紀子

母の葬儀の後、ゆっくりと悲しむ暇もなく、時が過ぎ去って行く。初七日の午後、一段落ついた頃、弟が母の俳句ノートを持ってきた。母の遺句集を作ろうと言うのである。ノート類や広告の裏に書かれた母の文字が愛おしい。ノート類の手擦れの色に俳句を友としてきた年月の長さを感じる。甥の泰善君も加わって母の遺作に目を通していた時、ひょいと亡き母の句も加えた連句を巻いてみたいという思いが突き上げてきた。「連句、やってみない?」と泰善君に言うとＯＫと言う。ただし彼は俳句も詠んだ事のない本当の初心者だ。そこに弟も加わって連句を巻く事にした。発句は母の句が良いのだが、弟に花を持たせたい思いもある。俳句歴の長い弟に発句を出してもらう。泰善君もノリノリで連衆に無い面白い発想のフレーズを出してくれる。なかなか気持ち良く進む。中に亡母の句も入れていく。その時、母の霊が連衆として参加しているという確信めいたものを私は感じたのであった。

半歌仙「永久の一滴」の巻　　捌・早田維紀子

寒厳し母の言葉の癒えぬまま　行正明弘
　侘助一枝挿せる鶴首　早田維紀子
小夜曲のポロンポロンと聞こえ来て　首藤泰善
　老いも若きもエアロビックス　子
弦月の長潮に竿閃かせ　善
　紅葉狩へと先急ぐ杖　弘
忍ばせて異国の木の実持ち帰り　行正ヨシコ
　上がり框に赤いパンプス　善
カーテンを引いて噴火のやうな恋　弘
　点滴ぽとりぽとり真夜中　子
倍返し親にする孝今でしよう　善
　かまへて迎ふ浄土への旅　弘
石筍へ永久の一滴したたれる　コ

河童の皿の乾く夏月　善

額の字を「知光」と決めて墨を磨り　子

カップ酒など本音吐かせて　弘

勝いくささながら城の花の宴　コ

翁と曾良はかぎろひの中　子

意外とするすると巻き上がった。何よりも母の供養になれば幸いである。

（俳誌「かびれ」平成二十七年二月号より転載）

よし子句
維紀子書

遺句集

菜がら火

行正南丈

序にかえて——一冊だけの句集

早田維紀子

じっと鏡を見る。亡き父にそっくりの顔がそこにある。肉を削ぎ落したような頬の線、真一文字の大きな唇、鏡を見るたびに、既に三十年以上も前に五十歳で他界した父の面影を見出す。父は福岡県のとある田舎の寺の住職で、俳句を詠み、剣道五段の村の文化人（?）だった。角川春樹の句に「雉子鳴くや鏡の中の父の貌」というのがある。春樹は父に瓜二つの鏡の中の自分の顔にショックを受けているが、私は鏡の中の父の面影に限りない懐かしさと、心の中にいまだ生き続けている父を再確認するのである。

病 む 父 に 皮 を 垂 ら し て 林 檎 剝 く　　維紀子

当時父は九州大学病院の放射線科に再入院していた。放射線科は患者の交替が激しい。櫛の歯が欠けるように隣のベッドが空になったり人が変ったりしていた。大学四年生だった私は病院と学校とバイトと家の四ヶ所を巡る超多忙な毎日だった。暇を持て余している父は私の卒論の良き協力者だった。漢和辞典を引いてくれたり、思いがけないような助言をしてくれたりして、私は指導教授を二人持っているような状態だった。その日もひとしきり卒論の話をし、お見舞に頂いた林檎を剝いていた。長く垂らした林檎の皮を見つめながら、父がぽつりとつぶやいた。「おまえの花嫁姿を見るまでは死ねないね」と。周りの人達が次々に死んでいくのに、私は父がこの若さでは決して死なないという確信のようなものを持っていた。生命線があんなに長いんだもの、この若さで死ぬなんて考えられないと思っていた。でもその時ふっと父の死という言葉が胸を衝いた。心臓の鼓動が速くなり、思わず父を見つめた。父の眼窩の隈は異様なほど黒ずんで見えた。

春来なば癒えんと一語父逝けり　　維紀子

父は癒えぬままに退院した。最後を家族の中で過ごさせてやりたいという病院側の配慮であった。父は胃の五分の四を切除したが、残りの五分の一から癌の再発をきたしたのであった。父の生死を分けたのは残された五分の一の胃であった。ある日、父の手術を担当した医者が往診してくれた。私は担当医に食ってかかった。なぜ胃を全摘出してくれなかったのかと。若気の至りであるが、今でも苦しげな担当医の表情が目に浮かぶ。「死と言はず父の病状語る時庭の白梅散り降り止まず」。当時私が詠んだ短歌である。その時境内は馥郁たる白梅の香に包まれ、風もないのに落花の著しい日だった。

二月一日、父は私の謝恩会用の晴着をどうしても自分で買いに行くという。痛ましいほど痩せて、そんな力がどこに残っているのかと思われるのに、なんと汽車と電車を乗り継いで福岡市のデパートに買いに出かけた。父が選んだ訪問着はアイボリーホワイトに若草色を基調にした近代的絵柄のものだった。現在見ても古い感じがしない。今は私の宝物の一つになっている。

三月六日、謝恩会はホテルで盛大に催されたが、私はそれを楽しむ心の余裕はなかった。二次会の誘いを断った私は父のもとに急いだ。病室の入口に立った私の晴れ姿を父はじっと見つめた。無言だった。父の両眼から涙があふれ、枕に幾筋もこぼれ落ちた。

当時父と私達家族の合い言葉は「春になったら治るよね」だった。特に父は春が来れば治るという言葉を生きる糧にしていた。しかし仏弟子にふさわしく四月八日永眠した。辞世の句は「卒論も就職もすみ春着買ふ」。もちろんモデルは私である。

勤務先の女子高校の図書室で受験雑誌の「螢雪時代」をぱらぱらとめくっていると、全国学生俳句大会の入選作品が目に入った。たしか総理大臣賞だったと思うが「凍雲や記憶の音のひそむ墓地」。父の納骨を済ませたばかりの私の胸にこの句がずしりと響いた。私は嗚咽を押えることが出来なかった。

父の忌を他郷に修す涅槃西風　　維紀子
涅槃会や耳に染みつく父の声
父の忌の一日桜の吹雪くなり

父恋ふや咲ききはまれり曼珠沙華

父の忌は寺の都合等によりいつも早めに営まれる。十三回忌は私の病気の為出席することが出来なかった。私はお詫びの意味をこめて父の遺作句集を手書きで作った。この世にたった一冊しかない句集である。表題は「菜がら火」。菜がら火のように燃え盛り、人生を駆け抜けてしまった父の御霊に、この句集を捧げて父の忌を修したのであった。

今、父の遺した句会「羅漢句会」は弟によって受け継がれ、村の俳人達の拠所となっている。私は爽青先生のご指導のもと「生活即俳道」の実践に俳句の道を歩んでいる。爽青先生へと導いた運命の糸を繰ったのは、あるいは亡き父だったのではないかと思うこの頃である。

（俳誌「かびれ」平成七年一月号より転載）

新年

教へ子のわが癖にじむ賀状かな

書初や王氏の書風真似てみん

太々と吾子ためらはず書き初め

大やかん湯気しんしんと初句会

おちこちに土龍打ちをり谷の里

先住の遺愛の梅の早や咲けり

春めくや着け忘れたる襟帽子　春

卒論も就職もすみ春着買ふ

水濁り白魚簗の守は留守

接ぎ足して歩板かゝれる白魚簗

お道具に木臼もありし古雛

春宵のいつしか歩伸ばし京極へ

通勤の足かろやかに木の芽道

師に似て来わが好物に蕗の薹

活け了へて惜しや椿の首もろく

草萌や納所も交り草野球

草萌の御廟に尼宮おねりかな

蕗の薹貰ひ袂に和尚かな

刃を入れし接木の台の水多き

春泥を左右によけて立ち話

防火線切り山焼きの一と休み

菜の花の葉の裏見せてなびきけり

トンネルを出れば菜の花明りかな

薫風に吹かれ仁王の大草鞋

夏

新緑の木立に深く閻魔堂

菜殻火に照らされ小富士荘厳す

麦秋の寺は閑なり僧写経

大声で話す客あり梅雨の庫裡

虫干や先住の手記拾ひ読む

方丈の踏石伝ひ曝書かな

坊の庭訪へば梅干す石畳

出養生田植終りてするつもり

寝し子の四肢逞しき枕蚊帳

中啓を顔にかざして僧昼寝

施餓鬼旗はためき慈雨の来るらしく

施餓鬼会の阿難尊者は帰山沙彌

朝顔の苗わけ合うて療養す

氏神にたむろし稲の水評議

追はれ来て法衣に縋る螢かな

宿題を持ち寄る寺の涼しさに

秋

魂棚に人形添へて児を祀る

世話人につれられ末の子棚経へ

こほろぎの迷ひ来てゐる経机

言ふことも言へずに寄りし虫の窓

夜行汽車終着駅は秋祭り

仁王門こゝより柹の坂となる

大庫裡の開け放ちあり虫時雨

萩の谷風吹き下ろし吹き下ろし

白萩や山門不幸の人出入り

酔客を帰し一家の月見かな

下校子も乗せて帰れる稲車

茸狩やいつしか出でしもとの道

月光に雲曼陀羅の移りけり

良き月に声かけられし和尚かな

菊を乞ふ法衣の袖をたぐりけり

警邏服和服に着がへ月に酌む

寺詣りがてらに菊も見るつもり

療養のなじみ重ねて月の句座

床の間に菊活け初名書きにけり

味風味ともかく熱き夜食かな

妻やさし夜業の夫へ茶碗酒

病棟に月の句会の案内くる

進まざる予後の食事の茸うれし

方丈に小春の茶釜鳴り続く　冬

鞁や野曝し井戸の軋む音

針仕事続けるつもり炭をつぐ

蠟芯を切りに沙彌立つ十夜かな

膝に巻くショールに涙十夜諷誦

お十夜のすみし厨のかくれ酒

しはぶきの大きく響き夜長寺

手作りの野菜持ちより年忘

頤のせて居眠る納所炬燵かな

胼薬つけ合うてゐる子守り達

冴え返る胃薬持参の通夜の僧

火桶抱き放屁癖つく予後の僧

幼児が破りし屏風なつかしむ

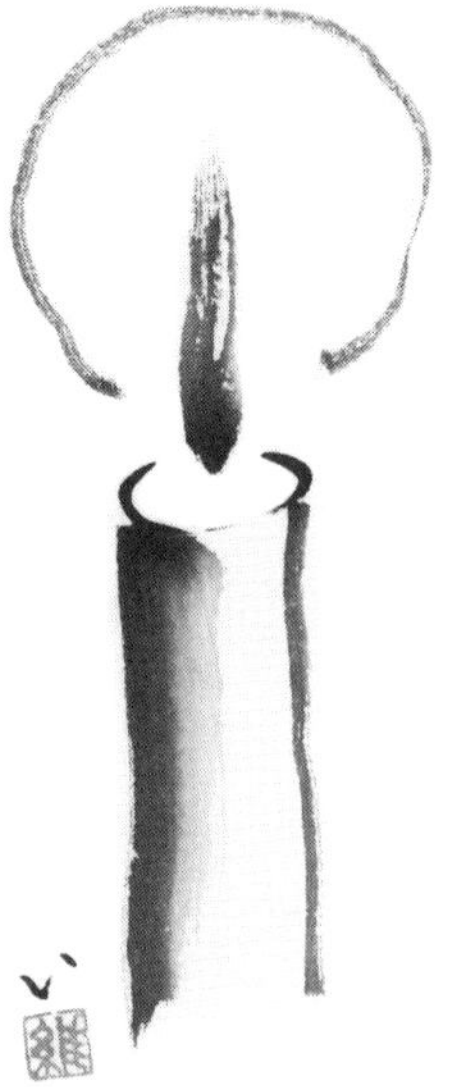

良き月に
声かけられし
和尚かな
南丈

南丈句
維紀子書

あとがき

追悼句集『猫曼陀羅』の編集に携わっていたこの数ヶ月間、私は父と母の数多の俳句に包まれて至福の時間を賜わったのであった。

しかし、スタートした時点ではカオスの中で跪いていた。私の編集方針が二転三転した為の自業自得ではあるのだが。初めに手渡されたのは母の自筆の膨大な句稿と数枚の句会報。しかし自筆のそれには年月日の記載が一切無い。仕方がないので春夏秋冬で選句をやり終えた頃、正覚寺から谷口眞・範子ご夫妻と正覚寺の皆様による羅漢句会・糸島句会の会報の抜粋が届いた。ありがたかった。母の長い俳句人生を春夏秋冬で区切る矛盾を感じていたからである。やはり編年体がしっくりする。またゼロからのスタートである。羅漢句会が平成九年に上梓した創立五十周年記念句集に母の句も掲載されているので、その部分は除くべきだと思い、九年以降の作品を対象にしたのだが、途中でまた気が変わった。折角の句集である。全部を対象に。又遣り直しと相成った。父の俳句を入れるかどうかも二転三転した。父母の句を並記して愕然とした。父の句稿が著しく少い。でもこれは致し方の無い事、父の俳句人生は五十歳までの十年余りなのだから。どうも私はこの混乱の極限を少し楽しんでいたような気もする。

私はこの句集を編集するにあたり、母の身近かにいる方々の力を句集に反映させたいと願っていた。母の句集を編むことで絆の再構築をしたかった。願ったとおりの協力が得られて賑やかな追悼句集となった。湿っぽい事の嫌いな母にぴったりだ。それにしても母の長寿をもたらしたものは、弟嫁・春美さんを始め、正覚寺の皆様の適切なる介護の賜物であると感謝あるのみである。

私もいつの間にか母と同じ道を歩んでいる。この度の遺句を通して読んで、その並並ならぬ打ち込み方に脱帽したのだった。

なお、俳句の表記法は旧仮名遣いとした。文語体の活用語尾が韻律をこわすような場合は口語体としている場合もある。

私の編集作業に関して、助言や読み合わせ、家事の分担など惜しみなく協力してくれた夫に感謝してやまない。

最後に、東京四季出版の西井洋子様、北野太一様には大変お世話を頂き感謝する次第である。


平成二十七年十一月二十六日、維紀子七十六歳の誕生日に

早田維紀子

略　歴

行正よし子　ゆきまさ・よしこ

本名・ヨシコ

大正八年七月二十五日生

平成二十六年一月十三日歿

略　歴

行正南丈　ゆきまさ・なんじょう

本名・定光

明治四十四年三月三十一日生

正覚寺住職　羅漢句会発起者

昭和三十七年四月八日歿

句集　猫《ねこ》曼《まん》陀《だ》羅《ら》

発　行　平成28年1月13日

著　者　行正《ゆきまさ》よし子　行正《ゆきまさ》南丈《なんじょう》

編集者　行正明弘　早田維紀子

発行者　西井洋子

発行所　株式会社東京四季出版

〒189-0013　東京都東村山市栄町2-22-28

電話　042-399-2180　振替　00190-3-93835

印刷所　株式会社シナノ

定価　本体2800円＋税

ISBN 978－4－8129－0824－2